# Chauve-souris
## Trop peur pour dormir

# Chauve-souris
## Trop peur pour dormir

Todd Strasser
Illustrations de Doug Cushman

Texte français d'Hélène Pilotto

Éditions
SCHOLASTIC

À Melanie, la fille d'Elena
— T. S.

Catalogage avant publication de Bibliothèque et Archives Canada

Strasser, Todd
Trop peur pour dormir / Todd Strasser ; illustrations de Doug Cushman ;
texte français d'Hélène Pilotto.
(Chauve-souris)
Traduction de: Too scared to sleep.
Pour les 7-10 ans.
ISBN 978-0-545-98804-9

I. Cushman, Doug II. Pilotto, Hélène III. Titre. IV. Collection :
Strasser, Todd. Chauve-souris.
PZ23.S87Tro 2008 j813'.5 C2008-903227-6



Édition publiée par les Éditions Scholastic,
604, rue King Ouest, Toronto (Ontario) M5V 1E1.

5 4 3 2 1 Imprimé au Canada 08 09 10 11 12

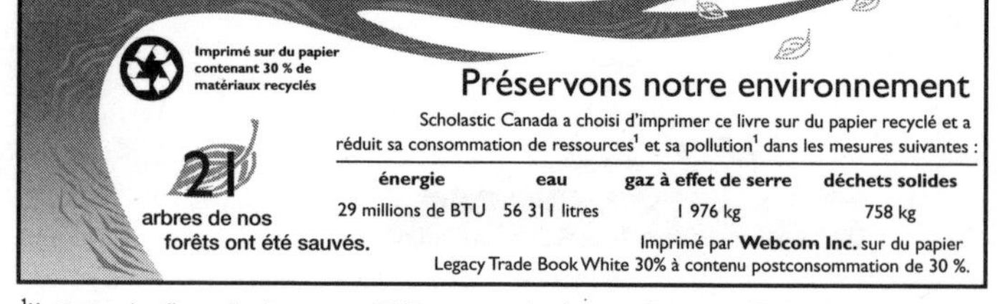

Sources Mixtes
Groupe de produits issu de forêts bien gérées et de bois ou fibres recyclés
Cert no. SW-COC-002358
www.fsc.org
© 1996 Forest Stewardship Council

[1]L'estimation des effets sur l'environnement a été faite au moyen du calculateur «Environmental Defense Paper Calculator».

# Table des matières



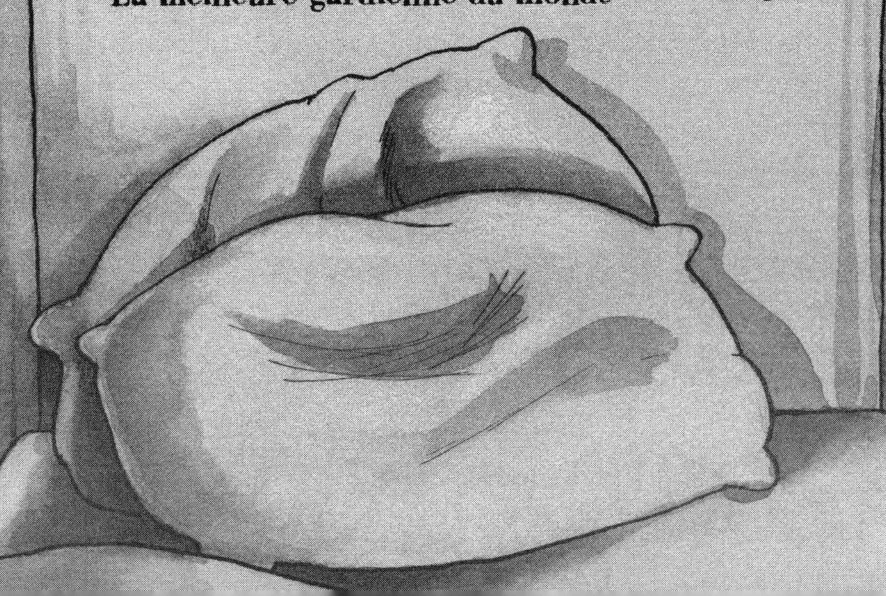

# Murmures dans la nuit

— Tu dois partager ta chambre avec Marianne, déclare Mme Picard.

Elle tient le bébé dans ses bras. Il s'appelle Pierre. Marianne est la petite sœur de William Picard.

— Non! proteste William en croisant les bras et en plaquant son menton contre sa poitrine.

— Allons, William, tu partageras ta chambre pendant quelques mois seulement, renchérit sa mère. Jusqu'à ce que nous emménagions dans notre nouvelle maison.

— Non! s'obstine William.

— C'est très égoïste de ta part, William, sermonne Mme Picard. La chambre de Marianne devient celle de Pierre. Ta sœur doit changer de chambre, tandis que toi, tu gardes la tienne. Marianne peut partager ta chambre quelques mois. Je voudrais que tu te comportes en grand garçon et à ce que tu nous aides.

William ne veut aider personne. Le nouveau bébé n'est qu'un paquet de soucis. Il ne fait que pleurer. Tout le monde s'extasie devant ce bébé. Quant à Marianne, c'est une casse-pieds. William ne veut pas qu'elle s'installe dans sa chambre. Mme Picard murmure quelque chose à l'oreille de son mari.

— Viens William, allons jouer à nous lancer la balle, propose M. Picard.

William et son père partent pour le parc. Ensuite, M. Picard offre un cornet de crème glacée à son fils. Plus tard, quand tous deux rentrent à la maison, un deuxième lit est installé dans la chambre de William. Marianne est en train de placer ses poupées sur la tablette qui se trouve au-dessus.

— Ah, non! s'exclame William. Je ne veux pas voir ces poupées dans ma chambre!

— J'ai besoin de mes poupées! proteste Marianne.

— Pas dans ma chambre! crie William.

Les deux enfants commencent à se disputer. M. et Mme Picard tranchent la question. Marianne occupera la moitié de la chambre. William occupera l'autre moitié. Marianne aura le droit d'avoir deux poupées sur sa tablette. Elle choisit Jade et Chloé.

Pendant tout le reste de la journée, William refuse d'aller dans sa chambre. Il déteste les poupées plus que tout au monde.

Ce soir-là, Marianne va au lit à huit heures. Quand c'est au tour de William d'aller se coucher, elle semble déjà assoupie. William entre dans sa chambre. Il est encore fâché de devoir partager sa chambre avec sa sœur. Et il est encore *plus* fâché qu'elle ait installé ses poupées sur la tablette. Il est tellement en colère qu'il n'arrive pas à s'endormir.

William décide de s'asseoir dans son lit pour lire. Il ouvre son livre préféré, *Histoires superterrifiantes,* mais quelque chose d'étrange se produit quand il commence à lire. Il a l'impression que sa sœur et lui ne sont pas seuls dans la pièce. William a le sentiment que les poupées l'observent du haut de leur tablette. Elles ont l'air de rire, comme si elles se félicitaient d'avoir envahi la chambre du garçon contre son gré, sans qu'il n'ait rien pu faire pour les en empêcher.

William sent sa colère monter. Il décide d'installer ses deux figurines de lutte préférées sur la tablette faisant face à celle des poupées. Il s'assure que leurs regards se croisent. Puis, il se recouche et il s'endort.

Le lendemain après-midi, Marianne est invitée à jouer chez une copine. William s'installe par terre dans sa chambre pour jouer avec ses lutteurs. Une fois encore, il a l'impression que les poupées de sa sœur l'observent. Il déteste ces poupées. Et ses lutteurs les détestent aussi.

William a une idée. Ses parents lui ont interdit d'aller dans la moitié de chambre de sa sœur… mais ils n'ont rien dit au sujet de ses figurines. Tenant une figurine dans chaque main, William traverse la chambre et va chercher Chloé, la poupée blonde, sur la tablette.

William fait tordre la tête de la poupée par ses lutteurs. Il les fait sauter à pieds joints sur les jambes de Chloé. Puis, les lutteurs la frappent et la jettent sur le plancher. William est content. Les poupées l'ont bien mérité. C'est alors qu'il entend la porte du rez-de-chaussée s'ouvrir et se fermer. Le garçon s'empresse de remettre Chloé à sa place, sur la tablette. Quand Marianne entre dans la chambre, elle n'a aucune idée de ce qui vient de s'y passer.

Le soir venu, William va se coucher tout joyeux. Ses lutteurs ont donné une bonne leçon aux poupées. Elles ne se moqueront plus de lui à présent. Il éteint la lumière, ferme les yeux et s'abandonne au sommeil.

— Pssssit!

William pense avoir entendu un bruit. Cela sonnait comme un murmure furieux. Une voix de fille chuchote tout bas :

— Tu n'aurais pas dû faire ça.

William ouvre les yeux. Il se redresse dans son lit et allume la lumière. Il regarde rapidement autour de lui et constate qu'il n'y a personne d'autre dans la chambre. Marianne est couchée dans son lit et elle dort profondément. Ses poupées sont sur la tablette. *Hé! Un instant!* Son imagination lui joue-t-elle des tours ou les poupées ont-elles vraiment froncé les sourcils?

*Non, c'est impossible,* se raisonne William. Il éteint la lumière et se rendort.

Le lendemain après-midi, Mme Picard conduit Marianne à son cours de patinage. Une fois de plus,

William joue dans sa chambre avec ses lutteurs. Cette fois, il leur fait prendre Jade, la poupée aux cheveux foncés, sur la tablette. William manipule ses lutteurs pour qu'ils lui tordent les bras et les jambes. Ils lui font la prise du dormeur. William remet Jade sur la tablette juste avant le retour de Marianne.

Le soir, Marianne se couche de nouveau à huit heures. Quand vient le tour de William d'aller au lit, il éteint la lumière et se pelotonne sous sa couverture. Il est presque endormi lorsqu'il entend une fillette murmurer :

— J'en ai assez de toute cette histoire.

Une autre voix en colère ajoute :

— Il est temps que ça cesse.

William se relève d'un bond et allume la lumière. Cette fois, il est certain d'avoir entendu des voix. Son cœur se met à battre la chamade. Il se retient de courir se réfugier dans la chambre de ses parents. Pourtant, tout semble normal dans sa chambre. Marianne est couchée et elle dort à poings fermés. William se demande s'il a imaginé les murmures. Ce n'était peut-être qu'un rêve. Les poupées sont sur la tablette devant lui. Ont-elles l'air fâché? William se recouche en leur tournant le dos. Il essaie de se rendormir.

Cette nuit-là, William fait un rêve étrange. Il rêve

qu'il entend des bruits de pas feutrés et des voix de filles qui chuchotent. Il entend aussi des grattements légers et de faibles grognements. Deux petites silhouettes se déplacent dans la pénombre.

Le lendemain matin, William et Marianne s'habillent. Marianne descend prendre son déjeuner. William la suit. Il se souvient tout à coup qu'il doit apporter un livre à l'école. Il retourne le chercher dans sa chambre. En prenant le livre, il aperçoit ses lutteurs.

Tous deux ont les mains attachées derrière le dos.

William jette un coup d'œil du côté de Chloé et de Jade, sur la tablette de sa sœur.

Il jurerait avoir vu les poupées sourire.

# Musique d'Halloween

— Antoine! appelle Michel.

— Hé! Antoine! crie Zachary.

— La Terre appelle Antoine! lance Gabriel.

Antoine Lapierre avance lentement sur le trottoir. Ses amis et lui ont chacun une taie d'oreiller à la main. Ils passent l'Halloween ensemble. Comparée à celles de ses amis, la taie d'oreiller d'Antoine contient la moitié moins de bonbons. Ses copains l'attendent dans l'entrée d'une maison et le regardent s'approcher.

— Pourquoi traîne-t-il la patte? demande Zachary.

— Parce qu'il est branché sur son baladeur numérique, répond Gabriel. Il règle toujours le volume trop fort. Il doit être le seul enfant au monde à préférer la musique aux bonbons.

Antoine continue à avancer. Un mince fil blanc relie son baladeur aux petits écouteurs plantés dans ses oreilles.

— C'est à ton tour d'aller le chercher, dit Michel en s'adressant à Zachary.

— Pas question, répond Zachary. Je viens d'y aller. C'est au tour de Gabriel.

— C'est bon, dit Gabriel, mais c'est la dernière fois que j'y vais. S'il continue à traîner la patte, je propose que nous le laissions là.

Gabriel va chercher Antoine et les quatre garçons poursuivent leur quête de bonbons. Quelques maisons plus loin, Antoine est encore à la traîne.

— Ça suffit, marmonne Gabriel. J'en ai assez de courir après lui. Il est temps qu'il apprenne à être attentif.

— J'ai une idée, murmure Zachary.

Un peu plus tard, les quatre garçons empruntent une

rue sombre et lugubre. La lumière de l'unique lampadaire clignote. Une seule maison, immense et vide, se trouve sur ce bout de rue. La famille Morin y a déjà habité, mais c'était il y a plusieurs années. La grille rouillée grince lorsque Michel l'ouvre. Les quatre garçons s'avancent dans l'allée. Ils passent sous le vieux porche délabré et poussent la porte grinçante. À l'intérieur, tout est noir. La maison sent le renfermé. Des toiles d'araignée pendent dans l'embrasure des portes.

Antoine s'arrête dans l'entrée et baisse le volume de son baladeur.

— Que venons-nous faire ici? demande-t-il.

— Il paraît qu'un gros baril de bonbons est caché dans cette maison, répond Zachary.

— Mais personne n'habite ici, réplique Antoine.

— Exact, répond Michel. C'est pourquoi il est caché ici.

Antoine trouve cela bizarre, mais à vrai dire, il s'en fiche un peu. Si ses amis veulent chercher un mystérieux baril, il n'a rien contre. Il augmente le volume de son baladeur et les suit.

— Restons bien ensemble, ordonne Zachary.

Les garçons font semblant de fouiller le rez-de-chaussée. Puis ils s'aventurent à l'étage. Comme prévu,

Antoine traîne derrière dans le corridor, occupé à écouter sa musique.

— C'est bon, les gars, chuchote Zachary à Michel et à Gabriel. Sortons maintenant et voyons ce qui va se passer.

Dans la maison, Antoine flâne dans un corridor sombre en écoutant sa musique. L'air est frisquet. Plusieurs vitres sont fêlées ou cassées. Tout est vieux et couvert de poussière. Les courants d'air font bouger les toiles d'araignée. La plupart des pièces sont vides. Il ne reste que quelques meubles çà et là, une table ou une chaise recouverte d'un vieux drap blanc.

Antoine trouve l'endroit tout simplement sinistre. Arrivé au bout du corridor, il se retourne et regarde autour de lui. Il doute fort qu'un baril de bonbons soit caché dans cette maison. D'ailleurs, où sont passés Zachary, Gabriel et Michel?

— Les gars? appelle Antoine en retirant les écouteurs de ses oreilles. Hé, les gars!

Pas de réponse. Tout à coup, Antoine comprend qu'il est seul. Il sent un frisson lui traverser le corps. Son pouls s'accélère. La maison est grande, sombre et effrayante. Il n'est pas certain d'être capable de retrouver la sortie. Il revient sur ses pas et appelle nerveusement :

— Les gars? Les gars!

— Qui est là? demande une voix de femme.

Antoine s'arrête net et jette un coup d'œil dans la pièce d'où vient la voix. Une jolie jeune femme est assise dans un fauteuil. La lumière de la lune qui entre par la fenêtre éclaire ses longs cheveux roux tombant en cascade sur ses épaules. Elle est vêtue d'une longue robe blanche. La lueur de la lune l'illumine dans l'obscurité.

— Qui es-tu? demande-t-elle.

— Je m'appelle Antoine Lapierre. Et vous?

— Je m'appelle Marguerite Morin, répond la dame. Es-tu venu me rendre visite?

— Euh… À vrai dire, je cherche mes amis. Ils sont venus ici en quête de bonbons.

Marguerite Morin cligne des yeux et se redresse.

— Bonté divine, mais tu as raison! C'est l'Halloween.

— Vous ne le saviez pas? demande Antoine.

— Pardonne-moi, s'excuse la jolie femme. J'oublie toujours. Je t'en prie, sers-toi, dit-elle en désignant un bol posé sur la table à côté d'elle. Et merci d'être venu. Il y a si longtemps que je n'ai pas eu de visite.

Antoine s'approche et regarde dans le bol. Il fronce les sourcils. Il n'a jamais vu de tels bonbons.

— Qu'est-ce que c'est?

— Des bonbons, bien sûr, répond Marguerite Morin. Il y a des rochers, de la réglisse et des caramels. Je t'en prie, goûtes-y.

Marguerite Morin a peut-être l'air jeune, mais elle parle comme les personnages dans les anciens films en noir et blanc. Antoine goûte à ce qu'elle lui tend. Le rocher a un goût sucré. La réglisse a un goût plus prononcé, semblable à celui d'un sirop pour la toux. Quant au caramel, il est dur quand on le met dans sa bouche, mais a vite fait de ramollir.

— Puis-je en prendre pour montrer à mes amis? demande Antoine. Je parie qu'ils n'ont jamais vu des bonbons pareils.

— Bien sûr que tu peux, répond Marguerite.

Elle regarde Antoine d'un air intrigué.

— Quelle est cette chose que tu as autour du cou?

— C'est un baladeur audio numérique, répond Antoine.

— À quoi cela sert-il? demande la dame.

Antoine s'étonne qu'elle ne sache pas ce qu'est un baladeur. Mais à bien y penser, c'est tout aussi étonnant de trouver une dame vêtue d'une longue robe blanche assise toute seule dans une pièce sombre. Sans parler des étranges bonbons qu'elle lui a offerts. Antoine enlève les écouteurs de son cou et dit :

— Placez un écouteur dans chaque oreille.

Marguerite Morin obéit. Antoine choisit une chanson et la lui fait écouter. La dame écarquille les yeux de surprise et laisse échapper un cri :

— C'est formidable!

Dehors, sur le trottoir plongé dans l'obscurité, les amis d'Antoine attendent.

— Ça fait longtemps qu'il est à l'intérieur, commente Gabriel. Il doit avoir remarqué que nous ne sommes plus là à présent.

— Il devrait être sorti depuis un moment, ajoute Zachary inquiet.

— Il fait noir là-dedans, fait remarquer Michel. Et s'il tombait dans l'escalier?

— Nous ferions mieux d'y retourner et de le retrouver, décide Gabriel.

Les garçons franchissent la grille grinçante et remontent l'allée. Ils passent sous le vieux porche et entrent dans la maison.

Une fois à l'intérieur, Zachary crie :

— Antoine?

À l'étage, Antoine entend son ami l'appeler. Marguerite Morin est toujours en train d'écouter la musique. Impatient de la présenter à ses amis, le garçon sort dans le corridor et crie :

— Je suis en haut!

Gabriel, Michel et Zachary gravissent les marches. Antoine les attend dans le corridor.

— Que fais-tu encore ici? demande Michel.

— On s'inquiétait, renchérit Gabriel.

— Je montrais simplement mon baladeur à cette dame, répond Antoine. Pouvez-vous croire qu'elle n'avait jamais entendu parler de lecteur audio numérique?

Les amis d'Antoine sont perplexes.

— De quoi parles-tu?

— De Marguerite Morin, répond Antoine en se retournant pour leur montrer la dame à la robe blanche.

Seulement voilà : elle n'est plus là. Il n'y a que le baladeur d'Antoine sur le fauteuil vide. Antoine scrute la pièce éclairée par la lune. Aucune trace de Marguerite Morin. Il avance jusqu'au fauteuil et reprend son baladeur.

— Elle était assise juste ici, déclare-t-il.

Il jette un coup d'œil au bol de bonbons, mais celui-ci est vide.

— Elle m'a donné des bonbons bizarres qu'elle a pris dans ce bol.

— Très drôle, Antoine, répond Zachary. Marguerite Morin est morte.

— Non, elle n'est pas morte, rétorque Antoine. Elle était assise juste ici.

— Impossible, répond Zachary. Elle est morte il y a soixante ans. Et devine comment?

— Comment? demande Michel.

— Elle s'est étouffée en mangeant un bonbon, répond Zachary. Un soir de l'Halloween.

— C'est impossible, s'entête Antoine. Je viens de lui parler. Elle a dû s'en aller lorsque vous êtes arrivés, les gars.

Zachary secoue lentement la tête.

— Il n'y a qu'un escalier. Nous l'aurions vue.

Antoine frissonne. Ses amis ont raison.

— Sortons d'ici, lance Gabriel. Je veux reprendre la tournée des bonbons.

Antoine balaie une fois de plus la pièce du regard. Il ne comprend pas où Marguerite Morin a bien pu disparaître.

— Je vous le dis. Elle était assise juste ici, dans ce fauteuil.

— Bien sûr, Antoine, répond Zachary.

— Comme tu dis, Antoine, ajoute Gabriel.

Antoine suit ses amis. Ils dévalent l'escalier et sortent de la maison.

— Fais-nous plaisir et ne traîne plus derrière, d'accord? demande Michel.

Antoine suit ses amis sur le trottoir. Il sait bien qu'ils ne croiront jamais que Marguerite Morin était avec lui dans cette pièce. Il se contente donc de rester près d'eux tout le reste de la soirée.

C'est seulement une fois chez lui qu'il plonge la main dans la poche de son blouson. Il en sort un rocher, un caramel et quelques morceaux de réglisse.

# Ce n'était qu'un rêve

Sandrine Sirois se tourne et se retourne dans son lit. Elle fait un mauvais rêve. Elle rêve qu'elle entre dans la chambre de ses parents… mais que ses parents n'y sont pas. À leur place, il y a un couple d'étrangers. Une femme aux cheveux blonds est assise à la table de maquillage. La mère de Sandrine a les cheveux foncés. Un homme est assis sur le bord du lit. Il noue ses lacets. Ce n'est pas le père de Sandrine.

Sandrine s'éveille au beau milieu de la nuit et court se réfugier dans la chambre de ses parents en pleurant.

— Que se passe-t-il? demande M. Sirois après avoir allumé sa lampe de chevet.

— J'ai fait un cauchemar, pleurniche Sandrine en agrippant son père par le cou et en le serrant fort. J'ai rêvé que j'entrais dans votre chambre et que j'y trouvais deux étrangers.

— Il n'y a que ta mère et moi ici, dit son père.

La mère de Sandrine allume sa lampe.

— N'aie pas peur, renchérit-elle.

Sandrine constate que ses parents sont bien là. Elle se sent mieux.

— Retourne dans ton lit, dit M. Sirois. Ça va aller maintenant.

Sandrine retourne dans sa chambre. La lumière est éteinte. Elle n'aime pas entrer dans sa chambre quand il y fait noir, mais elle décide d'être courageuse. Elle se remet au lit et s'endort rapidement.

Mais voilà qu'elle fait encore un mauvais rêve. Cette fois, le couple d'étrangers dort dans le lit de ses parents. Sandrine s'éveille en sursaut. Son cœur palpite et sa respiration est saccadée. Le rêve avait l'air tellement vrai! Sandrine se fiche bien d'être brave. Pour la deuxième fois cette nuit-là, elle se précipite dans la chambre de ses parents en pleurant. Elle a besoin de savoir que ses parents sont bien dans leur lit.

Une fois encore, ses parents allument leurs lampes.

— Tu as fait un autre cauchemar? demande sa mère.

Sandrine hoche la tête.

— J'ai rêvé qu'il y avait deux étrangers couchés dans votre lit, explique-t-elle.

— Ça semble très effrayant, approuve M. Sirois. Maintenant dis-moi : tu es venue deux fois dans notre chambre et qui y as-tu trouvé?

— Maman et toi, répond Sandrine.

— Alors, si tu refais ce rêve, tu sauras que... ? demande son père.

— Que ce n'était qu'un rêve, termine Sandrine.

— C'est cela, dit M. Sirois. Peu importe combien de fois tu fais ce rêve, les seules personnes que tu trouveras dans ce lit seront toujours ta mère et moi.

Cette fois, Mme Sirois raccompagne Sandrine jusqu'à sa chambre.

— Je sais que ce rêve est très effrayant, dit-elle en bordant sa fille, mais je veux que tu te comportes en grande fille brave. Si tu fais encore ce rêve et que tu te réveilles, que dois-tu faire?

— Je reste dans mon lit, répond Sandrine.

— C'est exact, dit Mme Sirois. Souviens-toi : ce n'est qu'un rêve.

Elle embrasse Sandrine sur le front et quitte la pièce.

Quelques minutes plus tard, Sandrine s'endort. Cette fois, elle rêve que c'est le matin. Le couple d'étrangers est dans la chambre de ses parents, occupé à faire le lit. Sandrine s'éveille. Son cœur bat très fort. Une fois de plus, le rêve semblait tout à fait réel. Elle a envie de sauter du lit et de se précipiter dans la chambre de ses parents, mais elle se souvient des paroles de sa mère. Elle doit se comporter en grande fille brave. Alors, même si elle a vraiment très peur, elle reste dans son lit.

Elle se rendort peu de temps après.

Cette fois, elle ne rêve pas au couple d'étrangers.

Le matin, Sandrine ouvre les yeux. Le soleil inonde sa chambre de lumière. Sandrine est contente que la nuit soit terminée. Elle saute du lit et court jusqu'à la chambre de ses parents. Elle a hâte de leur dire qu'elle est restée dans son lit même si elle a refait son cauchemar.

Le lit de ses parents est fait et ceux-ci ne sont pas dans leur chambre. Sandrine devine qu'ils se sont déjà habillés et qu'ils sont descendus déjeuner. Elle dévale l'escalier et court à la cuisine.

Un homme est assis à la table. Il lit le journal.
Une femme sirote son café.
Ce ne sont pas ses parents.
Ce sont les étrangers de son cauchemar.

# Le sentier de la Sorcière

— Nous allons camper, annonce M. Sicotte.

C'est samedi matin. Il est debout dans l'embrasure de la porte de la salle de séjour. Son fils Paul est assis sur le divan, absorbé par son jeu vidéo. Annie, la petite sœur de Paul, est assise à l'autre bout du divan. Elle regarde une émission de télévision. Tous deux sont en pyjama.

— M'avez-vous entendu? demande M. Sicotte.

Personne ne répond. Chacun a les yeux rivés sur son écran. M. Sicotte se plante devant le téléviseur et l'éteint.

— Je voudrais que vous me répondiez quand je vous parle.

— Hé! proteste Annie. J'étais en plein milieu de mon émission.

— Pourquoi fais-tu ça? se plaint Paul.

— Je vous parlais, mais vous ne m'écoutiez pas, répond sèchement M. Sicotte. Nous allons camper.

— Il fait froid, objecte Annie.

— Il fera plus chaud cet après-midi, répond M. Sicotte.

— Et s'il pleut? demande Paul.

— On n'annonce pas de pluie, réplique son père.

— Tu dis toujours que le météorologue se trompe, lui rappelle Paul.

— Eh bien aujourd'hui, il a raison. Nous partons dans une demi-heure, ajoute M. Sicotte. Habillez-vous et venez m'aider à charger la voiture.

Une demi-heure plus tard, Paul et Annie ne sont toujours pas habillés. Annie a passé son temps à regarder un catalogue de vêtements de poupées. Paul a joué dans sa chambre avec ses figurines. M. Sicotte est furieux. Il dit à Paul qu'il sera privé d'argent de poche pendant deux semaines s'il ne s'habille pas tout de suite. Quant à Annie, elle n'ira pas à la fête de sa meilleure amie la fin de semaine prochaine.

Les deux enfants protestent bruyamment, mais ils s'habillent. Peu de temps après, ils sont installés sur la banquette arrière de la voiture. Leurs parents sont assis devant. M. Sicotte est au volant. Il fait reculer la voiture en s'écriant :

— C'est parti!

— Est-ce qu'on peut regarder un film? demande Paul.

— Aujourd'hui, c'est « zéro électronique », annonce sa mère.

— Déprimant, marmonne Annie.

Un peu plus tard, M. Sicotte gare la voiture sur un terrain en gravier. C'est l'automne. Le temps est doux, le ciel est bleu et des feuilles rouges et or tombent des arbres.

M. Sicotte inspire profondément et expire.

— N'est-ce pas que l'air sent bon?

Paul et Annie ne répondent pas. Pour eux, l'air sent la même chose que d'habitude.

— Attrapez vos sacs à dos, lance M. Sicotte. Nous allons emprunter le sentier de la Sorcière pour nous rendre au campement.

Toute la famille part en randonnée dans la forêt.

— C'est encore loin? demande bientôt Annie.

— Un peu, répond M. Sicotte.

— J'ai mal aux genoux, gémit Paul.

— Ils iront sûrement mieux dans quelques minutes, répond Mme Sicotte.

— C'est nul, soupire Annie.

La famille s'arrête enfin pour faire une pause.

— Quelqu'un a soif? demande M. Sicotte.

— Je vais prendre une boisson gazeuse, dit Annie.

— Nous n'avons que de l'eau, répond M. Sicotte.

— J'ai faim, grogne Paul.

— Nous avons des fruits secs, des carottes et des pommes, dit M. Sicotte.

— Est-ce que je peux avoir un biscuit? demande Annie.

— Nous n'avons apporté aucune friandise, déclare M. Sicotte.

— C'est ultra-nul, grommelle Paul en prenant quand même une poignée de fruits secs.

M. Sicotte explore les alentours pendant que sa famille se repose. Il aperçoit une vieille cabane dans les bois. Les fenêtres sont fracassées et la porte avant est ouverte. Une cheminée en ruine traverse le toit affaissé. M. Sicotte a déjà parcouru le sentier de la Sorcière plusieurs fois auparavant. Il se demande comment il se fait qu'il n'ait jamais remarqué la cabane.

La famille Sicotte se remet en marche. Il faut habituellement une heure et demie pour parcourir le sentier. Cette fois, c'est plus long, car les enfants avancent lentement et se plaignent beaucoup. Ils font plusieurs arrêts. Si bien qu'il fait presque noir lorsqu'ils atteignent enfin le campement. L'air s'est rafraîchi. Les enfants se laissent tomber sur une vieille bûche.

— J'ai faim, grogne Paul.

— J'ai froid, gémit Annie.

— Nous allons bientôt faire un feu et préparer le souper, explique M. Sicotte, mais d'abord, nous devons monter la tente.

— Pourquoi ne mange-t-on pas tout de suite? demande Paul.

— Parce que c'est difficile de monter la tente dans l'obscurité, répond son père. Si vous nous aidez à monter la tente, nous pourrons manger plus vite.

— J'ai trop faim pour aider, dit Paul.

— Et moi, j'ai trop froid, ajoute Annie.

M. et Mme Sicotte montent donc la tente eux-mêmes. Puis, M. Sicotte part chercher du bois pendant que sa femme prépare le souper. Toute la famille s'assoit autour du feu. Mme Sicotte distribue aux enfants des gamelles en métal remplies de ragoût de bœuf fumant.

Paul goûte au plat et grimace.

— Je n'aime pas ça!

Les deux enfants refusent de manger. M. Sicotte commence à regretter d'avoir traîné ses enfants en camping. Il décide de leur raconter une histoire qui pourrait leur donner une bonne leçon.

— Connaissez-vous l'histoire d'Hansel et Gretel? demande-t-il.

Les enfants hochent la tête de droite à gauche.

— Il était une fois un pauvre bûcheron qui vivait dans les bois avec sa femme et leurs deux enfants, commence M. Sicotte. Les enfants s'appelaient Hansel et Gretel.

— Quels drôles de noms! s'étonne Annie.

— Le bûcheron était très, très pauvre, poursuit M. Sicotte. Il n'arrivait pas à trouver assez de nourriture pour sa famille. Ils étaient tous en train de mourir de faim.

— Comme moi, grommelle Paul.

— Un soir, le bûcheron et sa femme sont allongés dans leur lit, raconte M. Sicotte. Ils ont trop faim pour dormir. Sa femme dit : « Demain, tu dois conduire les enfants loin dans les bois et les abandonner. » « Mais ils vont mourir », proteste le bûcheron. « Si nous ne nous débarrassons pas d'eux, nous allons tous mourir », rétorque sa femme.

— Des parents ne feraient jamais ça, commente, Paul.

— C'est vrai, hein? demande Annie avec un soupçon d'incertitude dans la voix.

— Le bûcheron et sa femme ignoraient que ce soir-là, leurs enfants aussi avaient trop faim pour trouver le sommeil, reprend M. Sicotte. Ils entendent la conversation de leurs parents. Le lendemain matin, Hansel fourre un bout de pain rassis dans sa poche. Quand le bûcheron conduit ses enfants dans les bois, Hansel laisse tomber des miettes de pain derrière lui.

— Pour pouvoir retrouver son chemin! s'exclame Paul.

M. Sicotte approuve d'un signe de tête.

— Une fois rendus très loin dans les bois, le bûcheron se tourne vers Hansel et Gretel. Il a les larmes aux yeux. Il leur dit de l'attendre ici pendant qu'il va abattre un arbre. Puis, il s'en va.

— Quel genre de vêtements portaient les enfants? demande Annie.

— Hansel portait probablement des *lederhosen*, répond Mme Sicotte.

— Qu'est-ce que c'est? interroge Paul.

— Des culottes courtes en cuir, répond-elle. Elles étaient généralement pourvues de bretelles en cuir.

— Et Gretel? demande encore Annie.

— Elle portait une robe et un fichu blanc sur la tête, répond Mme Sicotte.

M. Sicotte poursuit son récit.

— Les enfants attendent le retour de leur père, mais celui-ci ne revient pas. Hansel décide donc qu'il est temps pour Gretel et lui de rentrer à la maison en suivant la piste de miettes de pain. Ils se mettent en route, mais constatent vite que le pain a disparu. Hansel entend les oiseaux gazouiller dans les arbres. Il comprend que ce sont eux qui ont mangé les miettes.

— Les enfants ne pouvaient plus retrouver leur chemin jusqu'à la maison, raisonne Annie.

— C'est exact, répond M. Sicotte.

— Mais alors, qu'ont-ils fait? demande Paul.

— Ils ont été obligés de passer la nuit dans les bois sombres, répond M. Sicotte.

— Où ont-ils dormi? s'inquiète Annie.

— Ils ont fait un tas de feuilles et se sont couchés

dessus, dit M. Sicotte.

— Je ne pourrais jamais dormir comme ça, commente Paul.

— Il faisait froid, poursuit M. Sicotte. Hansel et Gretel ont grelotté toute la nuit. Ils ont à peine dormi. Au matin, Hansel et Gretel étaient affamés et malheureux. Tout à coup, ils ont senti une odeur de pain d'épice flotter dans l'air. Gretel et son frère l'ont tout de suite remarquée.

— J'ai compris! s'écrie Annie. La femme du bûcheron a fait cuire du pain d'épice pour que ses enfants suivent l'odeur jusqu'à la maison.

M. Sicotte secoue lentement la tête.

— Hansel et Gretel ont suivi l'odeur, mais celle-ci ne les a pas menés jusqu'à leur maison. Elle les a menés jusqu'à une petite cabane nichée au creux des bois. Cette cabane n'avait rien d'ordinaire. Elle était faite en pain d'épice et décorée de boules de gomme, de cannes en bonbon et d'autres friandises.

— Des Super Surettes? demande Paul avec appétit en songeant à ses bonbons préférés.

— Peut-être, répond M. Sicotte. Les bonbons étaient très tentants pour les deux enfants affamés. Cependant, Hansel et Gretel étaient craintifs, car ils ne savaient pas à qui appartenait la cabane. Mais ils avaient si faim qu'ils n'ont pas pu s'empêcher de s'en approcher et de commencer à la grignoter.

— Un malheur va bientôt arriver, devine Paul.

M. Sicotte approuve de la tête.

— Une sorcière vivait dans la maisonnette. Elle a attrapé Hansel et Gretel et les a mangés.

— C'est vrai? s'écrie Annie en bondissant sur ses pieds et en courant se réfugier dans les bras de sa mère. Cela ne va pas nous arriver, n'est-ce pas? pleurniche-t-elle.

— Non, dit doucement Mme Sicotte en serrant sa fille. En fait, ce n'est pas vraiment ainsi que l'histoire se termine. Une sorcière vivait bel et bien dans la maison. Et elle voulait vraiment manger les enfants… mais ils étaient trop maigres. Alors, elle les a engraissés en leur donnant plein de bonne nourriture. Mais au moment où la sorcière s'apprêtait à les manger, Gretel l'a poussée dans le four brûlant. Ensuite, Hansel et Gretel ont trouvé un tas de bijoux précieux dans la cabane de la sorcière. Ils les ont rapportés chez eux et, à partir de ce jour, le bûcheron n'a plus jamais manqué d'argent pour acheter à manger.

— Bonne histoire, conclut Paul en bâillant.

Le feu s'est éteint. Les cendres rouges brillent dans la nuit.

— C'est l'heure d'aller au lit, annonce M. Sicotte.

Toute la famille entre dans la tente. Chacun se glisse dans son sac de couchage et s'endort bientôt.

*Hé! Hé! Hééééé!*

En pleine nuit, un rire sinistre les réveille tous les quatre.

*Hé! Hé! Hééééé!*

— Qu'est-ce que c'est? s'inquiète Annie.

— Ce doit être un animal, répond M. Sicotte. Ne vous inquiétez pas, il ne va pas nous embêter. Recouchons-nous.

Mais avant qu'ils ne reposent leur tête par terre, le rire retentit de nouveau.

*Hé! Hé! Hééééé!*

— Papa, ce n'est pas un animal, dit Paul d'un ton anxieux. Ça ressemble plutôt à un rire de sorcière.

— J'ai peur! crie Annie.

Mme Sicotte attire sa fille contre elle.

— Viens ici, dit-elle. Personne ne va te faire de mal.

*Hé! Hé! Hééééé!*

— Maman! crie encore Annie.

Mme Sicotte serre sa fille plus fort.

Paul est terrifié.

— Papa, que se passe-t-il?

Le cœur de M. Sicotte bat à tout rompre. Il n'a jamais entendu un tel bruit dans les bois.

— Tout va bien aller. C'est sûrement un animal quelconque.

— Ou une sorcière qui veut nous manger, gémit Annie.

Mme Sicotte étreint sa fille.

— Personne ne va te manger, dit-elle en regardant son mari dans l'obscurité. Pas vrai?

— Non, bien sûr que non, répond M. Sicotte.

Couchés dans leurs sacs de couchage, ils ont tous les quatre les yeux grands ouverts. Des heures s'écoulent avant qu'ils trouvent le sommeil.

Le lendemain matin, Paul et Annie veulent rentrer immédiatement à la maison.

— Pourquoi ne pas commencer par déjeuner? demande M. Sicotte.

— Je ne veux pas déjeuner, déclare Annie. Tout ce que je veux, c'est rentrer à la maison. Je ne ferai plus jamais de randonnée pédestre.

— Je crois que nous devrions nous en aller, approuve Mme Sicotte.

Annie aide sa mère à ranger les sacs de couchage. Paul aide son père à démonter la tente.

— Vous voyez comme le travail se fait rapidement quand chacun participe! s'exclame M. Sicotte une fois qu'ils ont terminé.

— Mais ils ne voudront plus jamais venir camper, fait observer Mme Sicotte. Dommage!

— Allons donc, proteste M. Sicotte. Ce n'était qu'une histoire.

— Et que fais-tu de ce rire affreux? demande Paul.

— Ce n'était qu'un animal, répète M. Sicotte.

Chaque membre de la famille Sicotte empoigne son sac à dos et se met en route. Paul et Annie marchent vite. Ils ne se plaignent pas et ne demandent pas à faire une pause.

Soudain, Mme Sicotte s'immobilise.

— Sentez-vous quelque chose?

M. Sicotte et les enfants reniflent l'air.

— Je le sens! s'écrie Annie.

— Moi aussi, renchérit Paul. On dirait…

— … du pain d'épice, termine Mme Sicotte.

Tous échangent des regards nerveux.

— C'est bizarre, dit Paul.

— J'ai peur, dit Annie.

— Il n'y a pas lieu d'avoir peur, dit M. Sicotte. Je suis sûr que c'est une simple coïncidence.

La famille continue à avancer sur le sentier. L'odeur de pain d'épice se fait de plus en plus forte. Mme Sicotte et les enfants jettent des coups d'œil anxieux vers M. Sicotte.

— Cela ne peut être qu'une coïncidence, répète M. Sicotte.

Mais voilà qu'il arrête de marcher. Il vient d'apercevoir la vieille cabane aux fenêtres brisées parmi les arbres. De la fumée sort de la cheminée.

— Oh, mon dieu! s'exclame Annie en désignant le perron de la cabane.

Des culottes courtes en cuir et un fichu blanc traînent par terre.

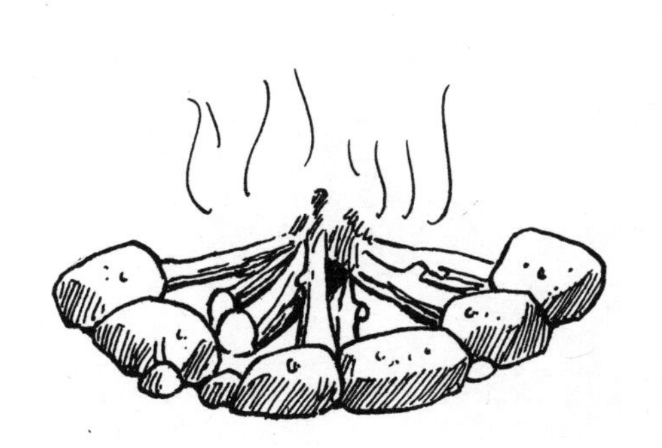

# Drôle de papier peint

C'est l'automne. Dehors, le vent souffle très fort. Mme Allard borde sa fille pour la nuit.

— Alors Charlotte, aimes-tu ton nouveau papier peint? lui demande-t-elle.

Assise dans son lit, Charlotte Allard approuve d'un signe de tête. L'ancien papier peint était orné de motifs représentant des scènes de cirque dans des tons vifs d'orange, de rouge et de jaune. Les clowns, les lions et les ours acrobates lui faisaient peur. Le nouveau papier peint, lui, est dans les teintes de vert, de brun et de bleu.

Il est orné d'enfants jouant au parc. Au lieu des cages et des dompteurs de lions, il y a des arbres et des balançoires.

— Tant mieux, dit Mme Allard. Tu peux lire encore un peu, mais tu éteins à huit heures et demie.

Charlotte prend son livre et se met à lire. Mais dès que sa mère a quitté sa chambre, elle pose son livre et examine le papier peint. Les garçons et les filles vont à vélo, s'amusent sur des balançoires installées dans des arbres et sautent à la corde. Un garçon aux cheveux bruns fait de la planche à roulettes. Près de là, une jolie fillette blonde avec un ruban bleu dans les cheveux se promène à vélo.

Charlotte reprend son livre et se remet à lire. Elle s'interrompt une autre fois. Ce papier peint l'agace, sans qu'elle puisse dire pourquoi. Elle l'examine de nouveau. Le garçon sur la planche à roulettes fixe-t-il la jolie fille à vélo? Charlotte se met à genoux sur son lit et regarde de plus près. Fronce-t-il les sourcils? A-t-il un air mesquin?

Charlotte retourne sous les couvertures et reprend sa lecture. Bientôt, Mme Allard cogne à sa porte pour lui dire qu'il est temps d'éteindre la lumière et de dormir. Charlotte reste immobile dans l'obscurité. Dans sa tête, le garçon aux cheveux bruns traverse le parc et roule en direction de la jolie fille à vélo. La fillette ne le voit pas venir. Le garçon aux cheveux bruns approche de plus en plus.

Tout à coup, Charlotte a peur. Elle bondit de son lit et court jusque dans la chambre de ses parents.

Sa mère est allongée sur le lit; elle lit. Son père est assis près d'elle. Il regarde une partie de basket-ball à la télévision. Mme Allard enlève ses lunettes et demande :

— Qu'y a-t-il, ma chérie?

— C'est le garçon sur le papier peint, répond Charlotte. Il va blesser la fille à vélo.

Mme Allard se tourne vers son mari et le regarde d'un air suppliant.

M. Allard se lève.

— Allons voir ça, dit-il.

Dans sa chambre, Charlotte montre à son père le garçon du papier peint.

— Je vois ce que tu veux dire, déclare M. Allard. On dirait qu'il regarde la fille à vélo. Mais s'est-il vraiment approché d'elle?

Charlotte examine le papier peint. Le garçon en planche à roulettes ne s'est pas rapproché de la fillette.

M. Allard sourit.

— Bon, éteins ta lampe à présent et couche-toi. Ce n'est que du papier peint.

Charlotte obéit. Mais dès qu'elle ferme les yeux, elle

voit le garçon s'approcher de plus en plus de la fille à vélo. Elle entend même le crissement des roues de la planche à roulettes sur l'asphalte!

Effrayée, elle saute de son lit et se précipite dans la chambre de ses parents.

— Je l'entends! s'exclame-t-elle.

Une fois encore, M. Allard accompagne sa fille dans sa chambre. Ils examinent ensemble le papier peint.

— A-t-il vraiment l'air plus près d'elle?

Charlotte secoue la tête.

— Ton imagination te joue des tours, déclare M. Allard.

— Mais je l'ai entendu, proteste-t-elle.

M. Allard s'assoit sur le bord du lit et écoute. À présent, il sait ce que sa fille a entendu.

— Ce sont les branches qui frottent contre le mur de la maison à cause du vent.

Charlotte écoute. Son père a raison. Ce n'était que le vent. Elle se sent un peu ridicule.

— Je suis désolée, papa.

— Ça va, répond M. Allard en bordant sa fille et en l'embrassant sur le front. Dors à présent. Tout va bien se passer.

— Laisserais-tu la porte entrouverte et une lampe allumée dans le couloir? demande Charlotte.

— Bien sûr.

M. Allard laisse la porte entrouverte et retourne dans sa chambre.

Charlotte est couchée dans son lit et écoute les branches qui balaient le mur de la maison. Bientôt, elle ferme les yeux et s'endort.

La lumière qui entre par la porte entrouverte éclaire le papier peint.

Des enfants rient en se balançant.

Les roues d'une planche à roulettes crissent sur l'asphalte.

Une jolie fillette blonde fredonne une chanson en se promenant à vélo.

Soudain, un grand fracas et le cri d'une fillette déchirent l'obscurité.

La jolie fillette blonde est assise par terre et elle pleure.

Près d'elle, une planche à roulettes renversée traîne par terre.

Non loin de là, le garçon aux cheveux bruns s'enfuit sur le vélo de la fillette.

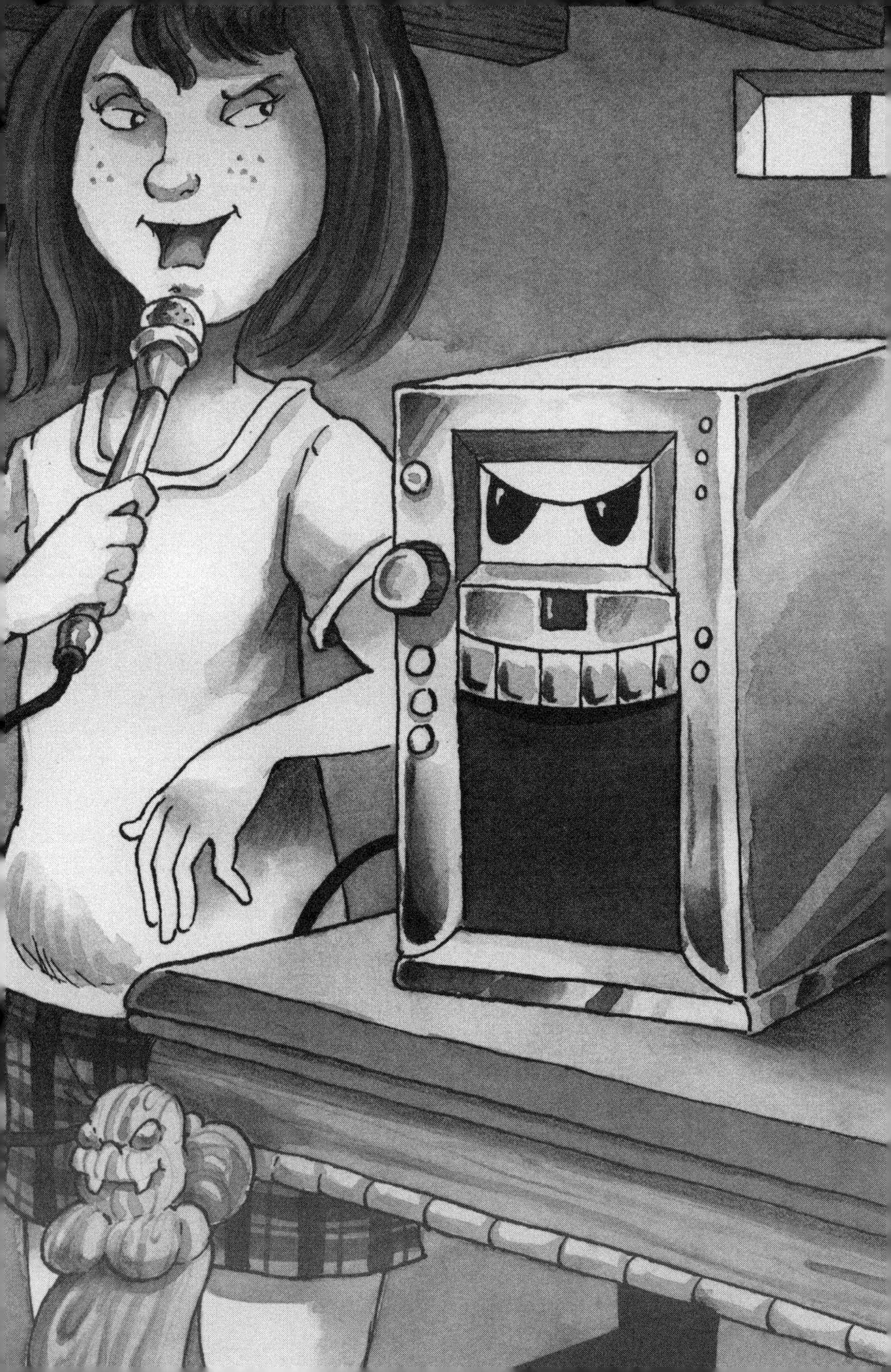

# Panique au sous-sol

Clara Grenier est en colère.

— Pourquoi faut-il que j'invite Fanny Martin à ma soirée-pyjama? demande-t-elle à sa mère.

— Parce que c'est la moindre des choses, répond Mme Grenier. Si tu veux emprunter l'appareil de karaoké des Martin pour ta soirée, alors tu dois aussi inviter Fanny.

Clara serre les poings et se renfrogne. Ses cheveux roux tombent sur ses épaules. Ses taches de rousseur pâlissent sous l'effet de la colère.

— Fanny Martin est nulle. C'est une moins que rien.

Mme Grenier lève les yeux de son ordinateur.

— C'est très méchant de dire ça, Clara.

— Mais c'est vrai! insiste Clara. Quand les autres filles vont découvrir qu'elle est invitée, elles ne voudront plus venir à ma petite fête. Ma soirée-pyjama sera fichue!

Clara cligne fort des yeux, faisant apparaître quelques larmes.

Mme Grenier baisse ses lunettes.

— Tes amies vont venir à ta soirée parce qu'elles sont tes amies, dit-elle calmement.

— Maman, *s'il te plaît,* ne m'oblige pas à inviter Fanny, supplie Clara.

Mme Grenier soupire et lève les yeux au plafond. Clara sait que sa mère est en train de réfléchir. Elle croise les doigts.

Mme Grenier pose les yeux sur Clara et secoue la tête.

— Je suis désolée, Clara. Si tu veux l'appareil de karaoké, tu dois inviter Fanny.

Clara plisse les yeux et lui tourne le dos. Elle quitte la pièce en furie, en prenant bien soin de claquer la porte très fort derrière elle. Elle se met aussitôt à élaborer un plan.

Elle va inviter Fanny Martin à sa soirée-pyjama... mais elle ne garantit pas que Fanny va rester à coucher.

C'est enfin la soirée-pyjama. Clara et ses amies ont installé leurs sacs de couchage au sous-sol. Un tapis moelleux gris recouvre le plancher de la pièce et on y trouve un long divan noir très confortable. La bicyclette d'exercice de M. Grenier est dans un coin. Dans un autre coin, il y a des raquettes de tennis, des gants et des bâtons de baseball, ainsi que des équipements de ski.

Fanny Martin est la dernière à descendre au sous-sol. Clara a déjà expliqué son plan à ses amies. Elles sont toutes d'accord pour faire comme si Fanny n'était pas là. Lorsqu'elles chantent avec le karaoké, elles ne laissent pas à Fanny l'occasion de chanter. Lorsqu'elles installent leurs sacs de couchage par terre, elles ne laissent pas de place à Fanny. Celle-ci n'aura pas d'autre choix que d'installer son sac derrière le divan.

Les filles ignorent si bien Fanny qu'elle finit par éclater en sanglots. Elle court supplier Mme Grenier de la ramener chez elle.

Au sous-sol, Clara sourit et dit :

— Bon débarras.

À dix heures du soir, Mme Grenier descend au sous-sol. Elle dit aux filles d'éteindre l'appareil de karaoké et de se coucher. Clara s'aperçoit que sa mère est fâchée que Fanny soit retournée chez elle en pleurs. Mais elle s'en fiche. C'est sa mère qui a insisté pour qu'elle invite Fanny, alors c'est sa faute à elle.

Les filles se glissent dans leurs sacs de couchage. Mme Grenier remonte l'escalier et éteint les lumières du sous-sol. Comme il fait nuit dehors, le sous-sol se retrouve plongé dans l'obscurité. Les filles n'arrivent même pas à voir leurs propres mains.

— Il fait trop noir, chuchote nerveusement une fille nommée Julie.

— Quelqu'un connaît une histoire à donner la chair de poule? murmure une autre fille nommée Roxane.

Roxane est plus grande et plus forte que les autres filles. Certaines la craignent même.

— Oh, non! Pitié! supplie Julie. Je suis déjà terrifiée.

Clara est contente d'entendre Julie dire qu'elle a peur. Elle-même dort pour la première fois au sous-sol. Elle ne se sent pas très brave, mais ne veut pas l'admettre.

Raphaëlle, une amie de Clara, sort une petite lampe

de poche et l'allume. Le rayon de lumière est plutôt faible, mais les filles parviennent à se voir dans la lueur pâle.

— Tu as peur dans le noir, Raphaëlle? demande Roxane d'un ton moqueur.

— Non, j'ai juste envie de voir tout le monde, répond Raphaëlle.

Pendant un moment, les filles restent allongées dans la faible lumière. Elles se mettent ensuite à parler de l'école, de vêtements et de leurs vedettes préférées à la télévision. Puis, une à une, elles se taisent et se laissent glisser doucement dans le sommeil.

Bientôt, le sous-sol est noir et silencieux. Les filles dorment paisiblement dans leurs sacs de couchage. Soudain, l'appareil de karaoké se met en marche.

*Qui est la fille la plus méchante?*
*Est-elle petite ou est-elle grande?*

Clara ouvre les yeux. Raphaëlle allume sa petite lampe de poche. Les autres filles s'éveillent à leur tour. Les témoins lumineux rouges et blancs de l'appareil de karaoké brillent dans le noir.

— Qui l'a allumé? demande Roxane.

— Pas moi, répond Julie.

— Pas moi, répond Raphaëlle.

— Et toi, Clara? demande Roxane.

— Pas moi non plus, répond Clara.

— L'une de vous ment, conclut Roxane.

Clara sort de son sac de couchage et éteint l'appareil. Peu de temps après, les filles sont de nouveau endormies.

*Qui est la fille la plus méchante?*
*Est-elle petite ou est-elle grande?*
*Pourquoi fait-elle pleurer ses amies?*

Clara s'éveille en sursaut. Raphaëlle allume encore une fois sa lampe de poche. Allongées dans leurs sacs de couchage, les filles écarquillent les yeux dans la lueur pâle.

— Je croyais que tu l'avais éteint, dit Roxane.

Clara jette un coup d'œil à l'appareil de karaoké. Les témoins lumineux sont de nouveau allumés.

— Je l'avais éteint, répond Clara.

— Tu nous joues un tour, lance Roxane.

— Non, pas du tout, réplique Clara.

— Éteins-le, ordonne Roxane.

— Et cette fois, débranche-le, ajoute Julie.

Clara se lève et obéit. Puis elle retourne dans son sac

de couchage. Elle a l'impression que quelqu'un leur joue un tour… mais ce n'est pas elle.

Bientôt, toutes les filles se rendorment. Pas pour longtemps, cependant.

*Qui est la fille la plus méchante?*
*Est-elle petite ou est-elle grande?*
*Pourquoi fait-elle pleurer ses amies?*
*Serait-elle une menteuse, une chipie?*

Clara s'éveille une fois de plus. Elle se sent somnolente.

— Que se passe-t-il? demande Julie d'une voix terrifiée et tout à fait éveillée.

Roxane s'empare de la lampe de poche de Raphaëlle. Elle la pointe vers Clara.

— Pourquoi ne l'as-tu pas éteint? demande-t-elle avec colère.

La lumière agresse les yeux de Clara. Elle les protège d'une main en protestant :

— Je l'ai fait.

— Dans ce cas, pourquoi fonctionne-t-il encore? demande Julie.

— Tu essaies de nous faire peur, déclare Roxane.

— Non, je n'essaie pas, réplique Clara. J'ignore pourquoi l'appareil se remet en marche.

Clara sait bien que ses amies veulent qu'elle se lève et qu'elle aille éteindre l'appareil. Elle n'a qu'une envie : se cacher la tête sous l'oreiller et replonger dans le sommeil. Elle se force pourtant à se lever et à marcher jusqu'à l'appareil. Dans la lueur pâle de la lampe de poche de Raphaëlle, elle aperçoit la prise électrique et constate qu'elle n'est plus branchée dans le mur.

— Ce n'est pas branché, dit-elle.

Les autres filles sont silencieuses pendant un moment.

— Est-ce qu'il y a des piles? demande Raphaëlle.

— Ça doit être ça, dit Clara.

Elle regarde derrière l'appareil. Comme de fait, il y a un compartiment pour les piles. Clara retire les piles. L'appareil cesse de jouer et s'éteint.

Clara pousse un soupir de soulagement et retourne se glisser dans son sac de couchage. Tout ce qu'elle veut c'est dormir.

*Qui est la fille la plus méchante?*
*Est-elle petite ou est-elle grande?*
*Pourquoi fait-elle pleurer ses amies?*
*Serait-elle une menteuse, une chipie?*

L'appareil de karaoké vient de se remettre en marche.

— Que se passe-t-il? s'écrie Julie dans le noir, le souffle coupé.

Elle semble être au bord des larmes.

Roxane allume la lampe de poche et la dirige sur Clara.

— Je croyais que tu avais débranché l'appareil et que tu en avais retiré les piles, grogne Roxane d'un ton fâché.

— Je l'ai fait, jure Clara.

Elle s'assoit dans son sac de couchage. Les témoins lumineux rouges et blancs de l'appareil de karaoké scintillent. Elle ne comprend pas comment cela peut être possible.

— J'en ai assez de tes tours, déclare Roxane.

— Je ne vous joue pas de tours, proteste Clara.

— Je ne te crois pas, réplique Roxane.

— Dans ce cas, va voir par toi-même, tranche Clara.

Roxane s'extirpe de son sac de couchage. Elle pointe la lampe de poche vers l'appareil. Le fil est débranché et les piles sont sorties. Elle appuie sur le bouton d'arrêt. L'appareil fonctionne toujours. Elle baisse le volume. La chanson de la fille méchante continue à se faire entendre.

— Je n'y comprends rien, rage Roxane.

Clara sort de son sac de couchage. Elle rejoint Roxane près de l'appareil.

— Pourquoi joue-t-il toujours cette chanson? demande Julie.

Roxane serre le poing et donne un coup sur l'appareil.

*Qui est la fille la plus méchante?*
*Est-elle petite ou est-elle grande?*
*Pourquoi fait-elle pleurer ses amies?*
*Serait-elle une menteuse, une chipie?*
*Pourquoi traite-t-elle Fanny Martin*
*de nulle et de moins que rien?*

Clara a le souffle coupé et recule d'un pas.

— Oh! mon dieu! s'écrie Julie.

— Pourquoi dit-il une chose pareille? demande Raphaëlle.

Clara se demande si c'est un coup monté de Fanny. Fanny se doutait-elle que Clara et ses amies agiraient méchamment avec elle? Aurait-elle programmé l'appareil pour qu'il fasse entendre cette chanson si les autres filles la méprisaient?

*Pourquoi traite-t-elle Fanny Martin*
*de nulle et de moins que rien?*

— Faites-le taire! supplie Julie.

*Boum!* Roxane renverse l'appareil.

Les témoins lumineux brillent toujours. Roxane et Clara se penchent au-dessus. Roxane promène la lampe de poche autour de l'appareil et cherche un moyen de l'éteindre. Raphaëlle sort de son sac de couchage et les rejoint.

*Pourquoi traite-t-elle Fanny Martin*
*de nulle et de moins que rien?*

— Ça ne veut pas s'éteindre! s'écrie Raphaëlle.

— Je veux rentrer chez moi! gémit Julie.

Elle se glisse hors de son sac de couchage et grimpe l'escalier du sous-sol en courant.

— Moi aussi!

Raphaëlle arrache la lampe de poche des mains de Roxane et se rue à sa suite dans l'escalier. À présent, Clara et Roxane sont seules dans le noir.

*Pourquoi traite-t-elle Fanny Martin*

*de nulle et de moins que rien?*

Un frisson parcourt le dos de Clara. Une poignée de porte grince en haut de l'escalier.

— C'est verrouillé! crie Julie.

— Pourtant, il n'y a pas de loquet, dit Clara. La porte doit être coincée.

D'autres bruits leur parviennent du haut de l'escalier.

— Ça ne s'ouvre pas! pleurniche Julie.

Clara monte l'escalier et tente d'ouvrir la porte. La poignée tourne, mais la porte ne s'ouvre pas.

— Il doit y avoir une lumière quelque part! lance Julie.

Bien sûr! Clara n'y pensait plus. Dans l'obscurité, elle cherche l'interrupteur à tâtons et essaie d'allumer la lumière.

Mais le sous-sol reste sombre. Clara actionne l'interrupteur plusieurs fois.

— Les lumières ne s'allument pas! gémit Julie.

Clara tente d'ouvrir la porte une fois de plus. Elle tire aussi fort qu'elle peut, mais la porte reste fermée.

*Pourquoi traite-t-elle Fanny Martin*
*de nulle et de moins que rien?*

La chanson continue à jouer en boucle. Les filles ont de plus en plus peur.

Clara tambourine sur la porte du sous-sol avec ses poings.

— Maman! Papa!

— À l'aide! crie Julie.

*Pourquoi traite-t-elle Fanny Martin*
*de nulle et de moins que rien?*

— Arrêtez-le! hurle Julie.

Raphaëlle balaie le sous-sol avec la lampe de poche. Le faisceau lumineux passe derrière le divan. Il s'arrête sur le matériel de sport entassé dans un coin.

— Le bâton! s'exclame Raphaëlle.

Roxane traverse le sous-sol et s'empare du bâton. Elle retourne près du karaoké.

*Pourquoi traite-t-elle Fanny...*

*Bang!* Roxane frappe l'appareil de toutes ses forces avec le bâton. La chanson s'arrête. En haut de l'escalier, Clara sent une vague de soulagement l'envahir. Elle tire encore sur la poignée de la porte, mais celle-ci tourne dans le vide.

*Qui est la fille la plus méchante?*
*Est-elle petite ou est-elle grande?*

Clara et les autres filles se retournent d'un bloc. L'appareil de karaoké gît sur le plancher du sous-sol. Les témoins lumineux brillent une fois de plus et le son qui en sort est toujours aussi fort.

*Bang! Bang!* Roxane donne d'autres coups de bâton. Elle cogne encore et encore sur l'appareil. Du verre éclate. Des morceaux de plastique rebondissent sur le mur.

*Pourquoi fait-elle pleurer ses amies?*
*Serait-elle une menteuse, une chipie?*

*Bang! Bang!* Roxane se remet à frapper l'appareil. Par terre, il ne ressemble plus à un karaoké. Ce n'est qu'un tas de morceaux fracassés et cabossés.

*Pourquoi traite-t-elle Fanny Martin*
*de nulle et de moins que rien?*

— Ce truc est... démoniaque! halète Raphaëlle, le

souffle coupé.

Roxane lâche le bâton et grimpe l'escalier quatre à quatre. Elle pousse les autres filles et se met à tambouriner sur la porte en criant :

— À l'aide!

*Qui est la fille la plus méchante?*
*Est-elle petite ou est-elle grande?*

Le sous-sol est plongé dans le noir. Les piles de la lampe de poche de Raphaëlle sont à plat. Les quatre filles se blottissent en haut des marches. Elles se serrent les unes contre les autres et sanglotent de peur. Leurs visages sont couverts de larmes. Leurs gorges brûlent à force de crier. Leurs mains leur font mal à force de frapper sur la porte du sous-sol.

*Pourquoi traite-t-elle Fanny Martin*
*de nulle et de moins que rien?*

*Arrête!* supplie Clara en secret. *S'il te plaît, arrête!*

*Qui est la fille la plus méchante?*

*Je ne serai plus jamais méchante, je le promets,* se dit-elle. *Mais arrête, s'il te plaît!*

La poignée de la porte tourne et la porte s'ouvre. La lumière soudaine aveugle les filles. Elles avancent d'un pas incertain dans la cuisine, en gémissant et en sanglotant, et réclament leurs mères à grands cris.

— Que se passe-t-il? demande Mme Grenier.

Les mères viennent chercher leurs filles et les ramènent à la maison.

Mme Grenier parvient à apaiser Clara. Elle lui montre que la porte du sous-sol fonctionne normalement. Dès qu'elle tourne la poignée, la porte s'ouvre. Les lumières du sous-sol s'allument normalement, elles aussi. Mme Grenier descend au sous-sol. Elle est très fâchée quand elle aperçoit l'appareil de karaoké démoli. À présent, elle devra en acheter un nouveau à la famille Martin. Elle ramasse par terre le disque qui se trouvait dans l'appareil. Clara lui dit de le faire jouer pour entendre la chanson qui les a tant effrayées.

Mme Grenier fait jouer le disque en entier.

Deux fois.

Aucune trace de la satanée chanson!

# La meilleure gardienne du monde

— Les enfants, voici Tanya, annonce Mme Morency. C'est elle qui va vous garder ce soir.

Tanya a de longs cheveux noirs et un sourire chaleureux.

— Bonjour les enfants. Je crois que nous allons bien nous amuser ensemble.

Dérek et Sarah Morency fixent l'adolescente d'un air inquiet. Elle semble gentille, mais elle est quand même nouvelle... et ils sont toujours nerveux quand une nouvelle personne vient les garder.

— Ne vous inquiétez pas, ajoute Mme Morency. Tanya a gardé chez les Sicotte la semaine dernière et Mme Sicotte a dit qu'elle était la meilleure gardienne du monde.

M. et Mme Morency demandent à Tanya de veiller à ce que Dérek et Sarah prennent un bon repas nutritif. Mme Morency lui signale que les enfants n'ont droit qu'à une heure de télévision. Puis ils s'en vont.

— Alors, qu'aimeriez-vous faire pour commencer? demande Tanya dès que M. et Mme Morency ont quitté la maison.

— Jouer au Pays des bonbons, dit Sarah.

— J'adore ce jeu, répond Tanya.

Ils jouent une partie. Dérek trouve Tanya très amusante. Toutefois, en la regardant, il a l'impression pendant une fraction de seconde que, soudainement, elle est devenue vieille. Sa peau est ridée, son nez est crochu et une verrue poilue a poussé sur son menton. Dérek se frotte les yeux et examine Tanya de plus près. Non, elle a bien l'air d'une adolescente.

— C'est l'heure du souper, déclare Tanya lorsqu'ils ont terminé leur partie. Qu'aimeriez-vous manger?

Dérek et Sarah savent bien qu'ils sont censés prendre « un bon repas nutritif », mais ce genre de repas est toujours ennuyeux.

— J'aimerais bien avoir de la crème glacée et des biscuits, risque Sarah.

— Bonne idée, approuve Tanya.

Dérek et Sarah échangent un regard surpris.

Après un souper de crème glacée et de biscuits, Tanya leur demande :

— Alors, que voulez-vous faire maintenant?

— Peut-on regarder la télévision? risque Dérek.

— Bien sûr, répond la gardienne.

Après une heure passée devant le téléviseur, les enfants Morency se tournent vers Tanya.

— Faut-il l'éteindre à présent? demande Dérek.

Tanya hoche la tête de gauche à droite.

— Non, vous pouvez regarder la télévision aussi longtemps que vous voulez.

Dérek et Sarah sourient. Leur mère avait raison : Tanya est la meilleure gardienne du monde!

Les enfants Morency regardent toutes leurs émissions préférées. Au bout d'un moment, Tanya leur demande :

— Y a-t-il quelqu'un que vous n'aimez pas dans le voisinage?

— Pourquoi nous demandes-tu ça? s'étonne Dérek.

— Oh, juste comme ça, répond Tanya. Je me disais simplement que tout le monde connaît quelqu'un qu'il n'aime pas dans son entourage.

Disant cela, elle sourit. L'espace d'une seconde, Sarah a l'impression qu'il manque des dents à Tanya. Quant à ses autres dents, elles semblent croches et jaunies. Sarah cligne des yeux. Quand elle regarde Tanya ensuite, elle constate que toutes ses dents sont blanches et bien alignées.

— Maman dit que nous ne devons pas dire du mal des autres personnes, explique Sarah.

— Je sais, soupire Tanya. Vous n'êtes pas non plus censés manger de la crème glacée et des biscuits pour souper. Et vous n'êtes pas censés regarder la télévision autant que vous en avez envie. Mais dites-moi... n'est-ce pas amusant de le faire?

Dérek et Sarah approuvent de la tête.

— C'est aussi amusant de parler des gens qu'on n'aime pas, ajoute Tanya.

Dérek n'en est pas certain. Mais Tanya est si gentille et ils ont tant de plaisir en sa compagnie qu'il se dit qu'elle a peut-être raison après tout.

— Il y a ce garçon qui habite au bout de la rue, commence-t-il. Il s'appelle Alexis Toupin. Parfois, il nous lance des cailloux.

— Vraiment? demande Tanya.

— Oui, confirme Sarah. Une fois, il a même donné un coup de pied à notre chien. Et une autre fois, il a poussé ma bicyclette et brisé une des pédales.

— Ce n'est pas gentil, fait remarquer Tanya.

— Il dit aussi des gros mots, ajoute Dérek.

— C'est terrible, dit Tanya. Si vous pouviez vous venger, que lui feriez-vous?

Dérek et Sarah échangent un regard. On dirait que Tanya a deviné leurs pensées. Ils ont toujours rêvé de se venger d'Alexis.

— Je renverserais sa bicyclette, lance Sarah.

— Pas moi, dit Dérek. Je pense que je le frapperais aussi fort que je peux sur le bras.

— Je lui lancerais un caillou, ajoute Sarah.

— Moi aussi, renchérit Dérek.

— Et tout cela vous ferait du bien, pas vrai? demande Tanya. Après tout le mal qu'il vous a fait.

Dérek hoche la tête. Oui, cela ferait du bien. N'empêche qu'il se sent fautif d'avoir de telles pensées.

— Nos parents disent qu'on ne doit pas faire de mal aux gens.

— Et Alexis Toupin, pense-t-il que c'est mal? demande Tanya.

Dérek et Sarah secouent la tête.

— Alors peut-être que certaines fois, c'est mal, conclut Tanya, et que d'autres fois, c'est bien.

Tanya les laisse veiller plus tard que leur heure de

coucher habituelle. Quand vient le temps d'aller au lit, elle leur dit qu'ils n'ont pas besoin de se brosser les dents. Tanya borde Sarah, puis se rend dans la chambre de Dérek. Elle s'assoit sur le bord de son lit.

— T'es-tu bien amusé ce soir? demande-t-elle.

Dérek hoche la tête d'un signe affirmatif.

— J'aimerais que ce soit toujours toi qui nous gardes.

— Moi aussi, j'aimerais ça, répond Tanya, mais je dois partir demain et je ne sais pas quand je serai de retour.

Dérek se renfrogne.

Tanya cherche quelque chose dans sa poche.

— Aimerais-tu avoir une photo de moi en souvenir?

— Oui, répond Dérek.

Tanya lui tend une photo d'elle. Dérek la dépose sur sa table de chevet, juste à côté de son lit.

Le lendemain matin, M. et Mme Morency s'étonnent de voir leurs enfants dormir si longtemps. Mme Morency les appelle pour le déjeuner. Dérek et Sarah descendent et prennent place à la table de la cuisine. Dérek se sent mal et somnole. Sarah a mal au ventre.

Les enfants Morency ne mangent pas une seule bouchée des crêpes que leur mère leur a préparées. Dérek n'a pas faim. Il n'a qu'une envie : poser sa tête sur la table et se rendormir. Sarah a le teint pâle et reste assise, les bras croisés sur son ventre.

— Ça ne va pas? demande Mme Morency. Pourquoi n'avez-vous pas faim?

Dérek et Sarah ne répondent pas.

— Est-ce qu'il s'est passé quelque chose hier soir? interroge Mme Morency.

Dérek et Sarah échangent un regard. Tous deux secouent la tête. Ils ne veulent pas dénoncer Tanya.

— Je ne comprends pas pourquoi vous vous comportez ainsi, reprend-elle. Tanya m'a dit que vous étiez de vrais anges, tous les deux.

Dérek se laisse glisser sur sa chaise. Il n'a pas été un ange hier soir. Il n'a pas respecté les règles. C'était amusant de désobéir à ses parents, mais à présent, il se sent mal. En fin de compte, ce n'est peut-être pas une bonne idée d'obtenir toujours ce qu'on désire.

Le téléphone sonne. Mme Morency va répondre.

— Allô? Oh, bonjour Linda! Quoi? Mais c'est terrible!

Mme Morency semble scandalisée. Elle raccroche le combiné et secoue la tête tristement.

— Que se passe-t-il, maman? demande Dérek.

— C'était la mère d'Alexis, répond Mme Morency.

Une chose terrible est arrivée. Alexis s'est levé tôt ce matin et il est parti se promener à bicyclette.

Sarah et Dérek échangent un regard anxieux.

— Quelqu'un l'a-t-il fait tomber de sa bicyclette? demande Sarah.

— Non, répond Mme Morency. Pire encore. Quelqu'un lui a lancé un caillou. Il est tombé de sa bicyclette et s'est cassé les deux dents de devant.

Les yeux écarquillés, Sarah et Dérek se regardent sans dire un mot.

Plus tard ce matin-là, Dérek retourne dans sa chambre. Il essaie de jouer avec ses blocs de construction, mais il ne cesse de penser à la soirée d'hier. Sarah et lui ont tous deux dit qu'ils lanceraient volontiers un caillou à Alexis.

C'est alors que Dérek se souvient de la photo sur sa table de chevet. Il se lève pour la regarder. Sur la photo, Tanya sourit de toutes ses dents blanches. Mais bientôt, l'image se met à changer. Le nez de Tanya s'allonge et se courbe. Sa peau se ride et une verrue poilue pousse sur son menton. Ses dents deviennent croches et jaunies.

À sa grande surprise, Dérek tient dans sa main la photo d'une sorcière.